地球上に遍在する
ガザ・ウクライナ

詩集

熊谷ユリヤ
Kumagai Yuriya

コールサック社

詩集　地球上に遍在するガザ・ウクライナ　目次

I

II

III

詩集

地球上に遍在するガザ・ウクライナ

熊谷ユリヤ

I

地球上の至る所に在る

地球上の至る所に
かつて在った、
地球上の至る所に
この瞬間も在る、
そして、
これからも在り続ける
ウクライナやガザ。

知らされていなかった
では済まされない。

習っていなかった
では許されない。

弾圧や迫害を恐れて
沈黙を余儀なくされる
人たちも、
侵略者なのだろうか?
侵略者の子孫たちは
独裁者たちの罪を、
詫びつづけるべきだろうか?

侵略者の国や地域に住む
友たち
侵略された国に住む
友たち
その国を逃れた
友たち
その人たちの
家族たちの
無事を祈るだけでは
自己満足に過ぎない
のだろうか?

平和を祈るだけなら
偽善者

に過ぎない
のだろうか？

オオカミの遠吠えを聞いた夜

カラコルム遺跡に程近い
ゲル村のホテルで
ようやく
眠りについた後、
オオカミの遠吠えで
目が覚めた。

荒涼たる

モンゴル大地から
湧き上がる声に
心抉られ
身震いしながら、
昼間に聞いた
案内人の言葉を
反芻していた。

ユーラシア大陸を
征服した
偉大な英雄、
チンギス・カンの命令で、
モンゴル帝国の都が
この地にできたよ

ロシアの傭兵になった
ウクライナの
コサック騎兵隊に
最後の兵が
追い払われるまで
モンゴル帝国が
世界の支配者だったよ

ヨーロッパの視点で
チンギス・カンを
極悪非道な侵略者
と見做すのは
英雄に対する冒瀆

なのだという。

抵抗する国や地域では
殺戮が必要だったが、
服従し協力する者には
寛大な征服者だった
のだという。

ヨーロッパ人が
英雄と称賛する
アレキサンダー大王や
皇帝ナポレオンこそ、
冷酷な侵略者にすぎない
のだという。

視点を半回転させ、
水平移動するだけで、
侵略者と
犠牲者の貌が
入れ替わり、
時空連続体の中で
侵略者が
英雄とされる不思議。

国土や国境線など
歴史の長編映画の中では
ほんの一コマ、
一瞬のことなので

北モンゴルを、
空白地域を、
取り返す日も
遠くない、
と語気を強めた
案内人。

気がつけば
オオカミの遠吠えは
消え失せ、
潜在意識の何処かで
ひっそりと
夜が明けていた。

草原に浮かぶ
ゲルたちの雲を
静寂の朝靄が
包みこんだ。

センソーなんて大キライ！

人通りの途絶えた
商店街で
見かけた駄菓子が、
子どものころ
アメリカで食べたものに
似ていた。

買って食べてみると、

やはり…
何十年経っても
忘れられるはずのない
あの味だった　――

異国で初めてできた
お友だち
パトリシアちゃんの家。
お菓子を食べながら
遊んでいると、
男の人が
怒鳴りながら現れた。
手にしたお菓子の袋を

返す間もなく
子どものわたしは
追い出された。

あの国の言葉は
全く分からなかったのに、

ジャップ！

という鋭いコトバが
刺さった。

わたしの何が
外国の人を

怒らせてしまったのか、
いったいなぜ
追い出されたのか
分からずに、
泣きじゃくりながら、
お菓子を
口に詰め込んだ。

当時の日本には無い
夢のような味の
柔らかく優しい
お菓子だったのに、
喉が詰まり
激しくむせながら、

また食べた。
泣きながら
家にたどりつき
ジャップ！
の意味を母に尋ねた。

その夜、
わたしが
戦争で多くの人を殺し
原爆で多くの人が殺された国
の子どもなのだと

父に教えられ
なぜ…
と再び泣いた。

翌朝の校庭、
ジャングルジムの上で、
パトリシアちゃんに
カードを手渡された。

父が訳してくれた日本語は
センソーなんて
大キライ！

ヒキョーでザンニンな
ニッポンは
大キライ！
ニッポン人なんかと
いっしょに遊ぶな！
ってしかられたけど
あなたのことは
大スキ！

先祖の罪を背負わされ

友人のシャーロットさんとの
五年ぶりの再会の場は、
オーストラリア博物館の
穴場的絶景カフェ。

日曜日の午後二時、
もうすぐ、先住民の伝統楽器、
ディジリドゥの演奏が始まる。

あの音は好きだけれど
入植者という名の
侵略者の子孫であることを
思い出してしまうという。

会合やイベントの冒頭では、
謝罪はしないものの
土地の伝統的所有者を称え、
過去、現在、未来の長老に
敬意を表する儀礼が
広く普及している国。

シャーロットさんは
皮膚がん手術を

終えたばかり。

「紫外線が強烈な大陸に
何万年も住んでいた
アボリジナルの人たちを
大量死に追いやったり…
人間狩りまでしたり…
罪と気づかずに犯した
先祖たちの罪を
今になって
わたしが償わされている
のかもしれないわね」

そう言って

寂しそうに笑った。

大地から湧き上がる
神秘のディジリドゥ

耳を傾けるわたしの
頭の中では、
アイヌ民族の伝統楽器
ムックリの音が
重なって
響いていた。
ひびいていた。

犠牲になるのはいつも民間人

〈百万本のバラ〉を
日本で初めて歌ったのは、
ロシア人を母に
日本人を父に持つ
ニーナさん。

ウクライナから避難した
音楽家アレックスさんに

彼女が営む
ロシア料理店&カフェ・ペチカを
アコーディオン演奏の場として
提供している。

〈この通話は
迷惑電話防止のために
録音されます〉
受話器から流れるメッセージから、
ウクライナ侵攻後、
嫌がらせ電話に苦しんできたことが
伝わってくる。

国と国との紛争で

犠牲になるのは
いつも民間人。
音楽にも料理にも
国や国籍は関係ない。
困っている人がいれば
手を差し伸べるのが
当たり前というのが
彼女の〈信念〉だから。

〈バラを、バラを、
ありったけのバラをください。
あなたの好きなバラの花で
あなたを、あなたを、
あなたを包みたい。〉

ギターを弾き語りながら
ロシア語と日本語で歌う
ニーナさん。

わたしの心に
切なく美しく温かく
訴えかけてくる。

II

イスラエルへの旅の記憶

旅の目的地はイスラエル。
ヘブライ語で「門」
アラビア語で「詩」
と名づけられた国際詩祭に
招かれたのだった。
それは
イスラエル文化と
アラブ文化の対話の門であり

芸術・言語・文化活動の
対話の場でもあった。

ウィーンの空港で
テルアビブ行きに乗り換える前、
何の心の準備も無いまま
二十分間近くも、
尋問を受けた。

反ユダヤ的、
親パレスチナ的な
思想を持つ危険人物を
排除するため
だったのだろうか。

ある詩祭で、
イスラエル人に殺された
パレスチナ少年を悼む
作品を朗読した
ことを思い出し、
心臓は激しい収縮と
拡張を繰り返した。

〈テロリストに見えますか？〉と
冗談を言ったわたしは、
審査官の厳しい表情にぶつかり
ハッとして素直に謝った。

迫害と虐殺に
苦しみ続けた民族が、
遂に実現した国を
命懸けて守りたいという
強烈な意志と信念。
旅の間に
何度もなんども
思い知らされた事実を
最初に感じた
瞬間だった。

三大宗教の聖地と嘆きの壁、
神殿の広場から
わずか数分のところにある

アラブ人街への入り口、
アラブ料理店での会食。

〈イスラエルはユダヤ人の国〉との
先入観があった
わたしの目にも
思いのほかアラブ人との
共存社会であるように
映ったのだった。

延々と続く
コンクリートの高い壁と
高台から見下ろした
遥か遠くの集落を

垣間見るまでは…

歴史のどちら側に立てば

ダビデの星が
青々と輝く
国旗翻る約束の地で
新たな友に出会い
新たに学んだ旅だった。

子どもの時
繰り返し読んだ

アンネ・フランクの日記。
アムステルダムの隠れ家で
息を潜めて二年間暮らし、
解放を目前にして
ナチスに殺された六十万人の
一人になってしまった少女、
そのホロコーストを逃れた
大人たちと子どもたちが
終の棲家を
見つけたのだと、
頭では分かっていた。

けれども、
そのために

この地を追われた
七十万人ともいわれる
大人たちと
子どもたちのことは
脳裏を去らなかった。

次に入国審査官の
尋問を受けるとしたら、
「歴史のどちら側に立てばいいのか
どちらが正しいのか分かりません」
と本音を口にして、
強制送還される
のかもしれない。

短い生涯を絶たれた
アンネ・フランクの父、
オットー・フランクは、
ロシア軍によって解放された。

「もう起こってしまったことを
変えることはできません。
唯一、
私たちができることは、
過去から学び、
無実の人々に対する
差別と迫害が
何を意味するかを
理解することです」

家族全員を殺されて
一人生き残った
父親の言葉が
聞こえた気がした。

乳と蜜溢れる約束の地へ

〈乳と蜜の流れる地〉
〈乳と蜜の溢れる地〉
〈主が
与えようとしておられる
相続の地、
安住の地〉
その言葉が
旧約聖書に繰り返し

記されていることは、
イスラエルへの旅の
準備をするまで
漠然としか知らなかった。

世界各地に離散していた
ユダヤの民。
ホロコーストの傷を背負い
約束の地での
祖国建設を信じて、
ロシアから、
ウクライナから、
世界中から
集まってきたユダヤ人たち、

ユダヤの子どもたち、
その人たちにとっての
約束の地が、
パレスチナの民にとっての
母国の地
でもあったという悲劇。

乳と蜜溢れる約束の地を
守るために張り巡らされた
冷たく長く高い壁を
〈天井無き監獄〉
と呼んだのは
誰だったのだろう。

ガザの地には
止むことのない爆撃の音、
あまりに多くの
幼い命たちが奪われ、
母親たちの
悲痛な叫びのなか、
血染めの白布に包まれた
小さな体が
瓦礫の間に並べられていく。

先に攻撃をしたのが
どちらだったかは
もはや問われることもなく、
民族浄化の

糾弾が高まっていく。

ガザ地区の
保育器のなかの赤ちゃんの命も、
人質になった
イスラエルの子どもたちの命も、
ウクライナの
小児病院で爆撃を受けた
子どもたちの命も、
どうか
お守りくださいと、
どの神に祈ればいいのかも
分からず
かといって

祈ることしかできない
わたしの罪の意識も
高まっていく。

Ⅲ

劇場の文字 ――コドモタチ

ソロミアさんの
故郷は、
包囲された
マリウポリ。

故郷を
脱出できなかった、
千人もの

大人たちと
子どもたちが
放火の雨を
逃れようと
白亜の劇場に
避難した。

衛星写真が
露わにしたのは、
ソロミアさんが
何度も訪れた
思い出の
ドラマシアター。

爆撃前の写真。
劇場の正面と裏側に
巨大な白文字の
ロシア語で
コドモタチ。

死傷者の数、
不明。

爆撃機の操縦席から
その文字が
見えなかったはずは
無いという。

それにも拘わらず
命令を遂行した
パイロット。

昭和二十年、
広島上空で
B - 29爆撃機
エノラ・ゲイから
原子爆弾を投下した
航空士のように

奪った命より
遥かに
多くの命を救ったと

胸を張って
言うのか。

あるいは
コドモタチ
の文字に
心動かされても、
命令に背いて
銃殺されるのが
恐ろしかったのか。

瓦礫と化した劇場の
あちらこちらで

火災が起きていた。

劇場で消えた
一人一人の幼い命を
想う。

そして、
遠い国で戦火を逃れて
衛星写真を見つめる
ソロミアさんの
激しい心痛を
想う。

少女は二枚のチョコレートを

ヤーナさんは
十七歳の高校生。

戦火の
ウクライナを逃れ
母と妹が避難した
遠いニッポン国の
ホッカイドウ島へと

スーツケース一つ
引きずって
たった一人で
一万キロの旅をした。

天使の声をもつ
少女の夢は、
音楽学校へ進学し
歌手になること。

いつ戻るかも
知れない旅立ち。
悩みながら
何度も詰め直した

スーツケースの荷物は
十七年間の思い出、
十七年分の日常、
十七年分の全て。

音楽を諦めないようにと、
祖母が贈ってくれた
カリンバ
小さな親指ピアノ。

そして
見知らぬ人に贈る
二枚のチョコレート。

ボランティアのために
戦火の中、
十七歳の少女が
買い求めた
心づくしの
贈り物だった。

まだ見ぬ友に
ついに会った日、
ヤーナさんは
チョコレートを
そっと差し出し、
親指ピアノで
ウクライナ民謡を

奏でてくれた。
透き通った声で
歌ってくれた。

言葉の壁を超えた
音楽が
これほど美しいのに、
なぜか、どこか
もの哀しく響くのは、
故郷へ帰る日が
いつになるのか
誰にも分からないから。

九歳から受けてきた

声楽レッスン。
音楽学校から
歌い手への道。
遠回りしても
それは続くつづく。

少女は異国で夢への一歩を

ウクライナの歌を
聴いてもらえるだけで
嬉しいので、
売り上げは
空襲警報に怯える
ウクライナの
子どもたちのために
寄付してください。

そう言ってヤーナさんは
歌手としての
第一歩を踏み出す
朗読コンサートの
売上全額を、
音楽学校への
進学奨学金として
寄付したい、という
わたしの申し出を
固辞したのだった。

自分は、
ミサイルが撃ち込まれない、

ドローンが襲ってこない
安全な空の下で、
支援の人たちに囲まれ
幸せに暮らしている、
それだけで
十分なのだという。

十七歳のヤーナさんが
九歳から温めてきた夢を
五百人近い
異国の聴衆と視聴者が
見守ってくれた。

兄弟国家などでは無い！

ウクライナとロシアは
兄弟国家などでは
ありません！
オレクサンドルさんが
毅然と言い放った。

ロシア大統領の

〈信念〉は

ロシア人と
ウクライナ人は
一つの民族であり、
一体である。

大統領府
ウェブサイトに

「ロシア人と
ウクライナ人の
歴史的一体性について」

と題された論文がある。
日本語訳を
何度読み返してみても、
主張の溝の
果てしない深さに
啞然とする。

（本質的に同じ
歴史的・精神的空間
である両者の間に
生まれた壁は、
両国に共通の
大きな不幸であり、
悲劇？）

（歴史的国家の
視点では
ウクライナが兄で…
ロシアが弟…）

ウクライナ侵攻が
始まる数か月前に、
研究留学のため
ホッカイドウに来た
オレクサンドルさん。

戦闘年齢
ではあるが

留学中は
政府から兵役を
免除されている。

軍隊で戦う代わりに、
戦争が終わってからの
国益を見据え、
遠い異国で
研究に没頭する。

彼を見るたび、
こういう若者たちが
国境地帯の両側で
戦い、

傷つき、
命を落しているのだ、
という想いに
胸が締め付けられる。

平和という言葉の意味が

〈平和を祈ります〉
という言葉は
絶対に
書かないでください

日本人の
私たちは互いに
顔を見合わせたが、

カテリーナさんは
確かにそう言った。

それは、
メッセージを書いた
各国の絵葉書を
前線の兵士たちに、
届ける、
世界規模の
ボランティア活動。

日本語のメッセージは、
カテリーナさんが
ウクライナ語に翻訳。

ボランティアの手で
ウクライナに届けられ、
現地のボランティアが
前線に配達に行く。

どうして
平和を祈っては
いけないのかと
不思議がるわたしたちに、
カテリーナさんは
こう言った。

ウクライナの兵士にとって
平和っていうのは、

一人でも多くの敵を
殺して、
勝利することしか
意味しませんから。
トラウマになる
かもしれないので。

戦争という、
想像を絶する
恐怖と緊張の空間。
そこでのмирという
平和を表す
言葉が意味するもの。
一方で、

戦争が無い
という意味では
平和である国に住む
わたしたちが口にする
平和という言葉。
二つの単語は、
まったく
意味が異なっていたのだ。

だからこそ、

平和が訪れたら
真っ先に何をしたいですか
と尋ねられたとき、

その質問は、
私の国が勝利したら
何したい、
としか聞こえないです。
という答えだけが
返ってきたのだった。

束の間の別れであれ！

大好きなおもちゃと
着替えを詰めた
リュックサックを
背負って、
子どもたちは
国境をめざす人々の
群れに加わる。

小さな足は
ちくちくと
痛いけれど、
パパとママが
一緒に
歩いてくれる。

翼も車も持たない
親子は
歩き続けつづけ、
安全な境界線に
辿り着く。

それを

しっかりと見届けた
二十八歳の父親は、
国家の呼びかけに
応えて、
来た道を
決然と
引き返す。

十八歳から六十歳の
男たちは
戦闘年齢。

皆、
流れに逆らい、

来た道を
黙々と引き返す。

引き裂かれる
家族たち！

束の間の
別れで
ありますように！

ほの暗い空を
静かに旋回する
影がある。

翼がありながら、
〈侵略者〉の国への
渡りを
拒否して、
この国に留まった
命。

すり減った
クチバシから、
片言の鳴き声が、
零れる。

こぼれる。

国境駅の別れ

隣国へ逃れる
母親たちと
子どもたち、
兵士として
国に留まる
父親たち。

悲歎と再会の

誓いが
激しい渦を巻く
国境駅。

子どもたちの
短い腕に
黒々と並ぶ数字。

妻たちの
携帯電話番号を
油性ペンで
書いたのは
夫たち。

＋３８０は
母国の
国際電話国番号。

人ごみの中で
つないだ手が
引き解かれても、
母と子が
再会できるよう
祈りながら。

必死の思いで
列車に乗り込む
一人の母親と

幼い二人の
子どもたち。

列車には乗らない
一人の父親。

大きな掌を
窓硝子に
強く押し当てる。

硝子越しに
重なる
かさなる
小さな掌と

ちっちゃな
てのひら。

たとえ
古いシネマの
ひとコマのように
見えたとしても、
これは
過酷な
現実。

列車が
西へ向けて
ゆっくりと

滑りだす。

重ね合う掌たちを
失った夫の
携帯電話が
鳴る。

既に懐かしい
妻の声と
子どもたちの声。
〈侵略された〉国の
子どもたち。

故郷を追われ、
国を追われ、
国境駅に
辿り着くことさえ
出来なかった
子どもたち。

今夜は
どこで
眠るのだろうと
案ずる耳に、
コサックの
子孫たちをあやす
子守唄が聞こえた気がした。

戦いに
行くには
まだ幼過ぎる。
だから坊や、
今夜は
静かに
お眠り
おねむり…

血を流す覚悟はありますか

〈呼び戻せ北方領土〉
と言い続けても、
残念ながら
話し合いでは
戻っては来ませんよ。
ドミトロさんは断言する。

日本の人は、

領土を戦って取り返す
覚悟があるのか、
領土のために
血を流す覚悟があるのか…。
この国のお客さんである
ドミトロさんには、
日本人にそれ以上を
尋ねることはできない。

ウクライナでは昔から
畑を耕し、
収穫が終われば
国境地帯に行って戦い、
生きていれば

また戻ってきて
畑を耕し収穫をし、
戦ってきた。

今は領土だけではなく
〈保護の名目で
　攫われた子供たち〉を
取り返すため
戦っている。

村一つずつでも、
一平方メートルでも、
子ども一人ずつでも、
取り返すことができれば、

そのニュースは
国民の力になっている。

自由のために身も魂も

国旗を纏って
胸に手を当て
国歌を歌う姿。
この国では
スポーツの世界以外では
あまり見かけない。

〈自由のために魂も身も捧げ、

コサックの血脈を示すときぞ〉

なぜ多くの人が
胸を打たれるのだろう。
〈特定の国を非難することが
目的ではありません〉
との一筆を入れて開催する
チャリティーイベント。
アンコールの曲目は
ウクライナ人が歌う国歌。

ウクライナ人を
客寄せパンダに使うな、
という非難。
なぜガザ地区のための
チャリティーもしないのか、
という批判。

「人道支援には
国も地域も関係はない。
遠い異国に避難してきた
友たちのために
〈縁あって〉
出来ることをするだけ。」

ボランティアたちは
そう答えることしか
できない。

当たり前の日常を

毎日まいにち、
当たり前の日常を
家族と一緒に
普通に
繰り返せたら、
それが
一番素晴らしいこと

アリーナさんは
私たちにそう言った。
それは彼女の母親、
スビトラーナさんの
別れ際の言葉
でもあった。

娘が住む
遠いホッカイドウに
一時は避難した。

けれども
警察での職務のため、
激しい戦闘の地

ザポリージャに
帰国したのだった。

アリーナさんの父親
ミハイルさんは
ロシア生まれ。

侵攻が始まるや否や
ウクライナ軍に志願し、
前線で
戦っている。

祖国と信じる国を
守るために。

領土のために血を流さない
平和な国に住む
わたしは、
何かが起これば
一瞬で奪われてしまう
かもしれない
当たり前の日常の
一刻一刻を
大切に
生きているだろうか？
平和に
感謝しているだろうか？

翼無き命たちのために

国境を乗り越え侵入する
戦車の黒く長い隊列。
素手でそれを
押し戻そうとする人、
その前にひざまずく人、
立ちはだかる人、
その人にすがりつき
号泣しながら
引き戻そうとする人々。

国境とは、
いったい
何だったのだろう。

幾度も引かれ
幾度も消され、
幾度も
引き直される破線？

あるいは、
踏みにじられ
滲んでしまう
もろい約束？

砲弾が
打ち込まれ、
ミサイルが
降り注ぎ、
ドローンが
上空から付け狙う。

炎が飛び、
広がり、
豊かな大地が
激しく
揺さぶられる。

翼ある命たちは、
一斉に飛び立つ。

国境を知らない
鳥たちは、
侵略者の土地へと、
春を待たずに
早すぎる
渡りの旅をする。

空は
繋がっているので、
誰一人として
傷つけることなく、

眼下の国ざかいを越え、
気の遠くなる距離を、
力強い羽ばたきで
鳥たちは
渡ってゆく。

磁場を感知する
磁覚機能と
帰巣本能に
身をまかせながら。

人間たちは、
黒煙に霞む
地平線から

鳥たちを
見送る。

この星の
いたるところで、
数知れぬ人たちが、
吹き飛ばされ
踏みつけられ
血を流し倒れる
家族の命や友の命を
見送る時代。

空港が破壊された
故郷の土地の、

翼を奪われた
子どもたち。

短い両腕を
せいいっぱい
翼の形に広げてみても、
飛行機になる夢も
鳥になる夢も
叶うはずもなく。

この国に
生まれるときに、
疑問符の形に
閉じてあった

架空の翼は、
とっくに
退化してしまった。

地下シェルターに
隠れて待つようにと
命じられていたのに、
言いつけに背いた
子どもたちは
地上に
駆け上がってくる。

柔らかな手が、
火炎瓶を作る

しぐさを真似、
幼い手が
レゴブロックの
機関銃を
構える。

子どもたちの
痛ましさ。

戦争の
不条理。
侵略者が
英雄になる

大嘘。

平和の脆さ

父の、祖父の、
その祖父の時代にも、
わたしたちの時代にも
子どもの、孫の、
その孫の時代にも在る
地球上の至る所に在る

ウクライナ

ガザ

解説　ウクライナやガザの痛みは私たちの痛みではないか

熊谷ユリヤ詩集『地球上に遍在するガザ・ウクライナ』に寄せて

鈴木比佐雄

1

熊谷ユリヤ氏の新詩集『地球上に遍在するガザ・ウクライナ』が刊行された。略歴の既刊詩集を見ると、今まで米国の出版社から英語詩集三冊、国内の出版社から日本語詩集三冊の合計六冊の詩集を刊行している。したがって今回の詩集は合わせて第七詩集となるが、日本語の詩集として第四詩集となる。このことからも明らかだが、熊谷氏は日英のバイリンガルな詩人である。札幌市の生まれであるが、父の仕事との関係で小学生時代から学生時代の頃までに米国・オーストリア・英国で長年暮らした経験を持つ。仕事に関しても翻訳者、同時通訳者、大学教授と記されているので、二つの言語のどちらもネイティブ的にこなすことができる存在なのだろう。電話で熊谷氏と話した際に、時には英語がまず浮かび日本語に翻訳する時もあると聞き驚かされた。そんな熊谷氏の詩の特徴を考える際に、新型コロナが世界に蔓延しパンデミックの最中だった二〇二一年秋に刊行された日本語第三詩集『記憶の翼は果てしなく交錯し』は重要な詩集だ。特にI章の冒頭詩「忘れてはならない出来事が」は心に刻まれて熊谷氏の理解に参考になるので引用してみたい。

忘れてはならない出来事が／あまりに多いのに、／時を超えて伝えるべき事が／信じられないほど多いのに、／五感は激しく／時に哀しく／研ぎ澄まされるのに、／もっとも大切な情報だけが／凍結されたままなのはなぜ？

（「忘れてはならない出来事が」より）

この一連の最後の二行での「もっとも大切な情報だけが／凍結されたままなのはなぜ？」とは自問であり根源的な問いを発するのだ。それへの回答を試みることが熊谷氏の詩的精神なのかも知れない。「もっとも大切な情報」とは人にとって様々だろう。しかし熊谷氏にとっては「凍結されたまま」になって誰もが潜在意識に秘匿している「もっとも大切な情報」なのだろう。またI章の最後から二番目の詩「この身はおうち時間に囚われても」の最終連には熊谷氏の独特な時間論が明らかになっている。

記憶は／わたしたちの存在そのもの／と思い知らされていたので、／砂時計に閉じ込められるように／おうち時間に囚われながら、／故郷を夢見て南に北に焦がれながら／旅が住処になっていった。

この初めの二行「記憶は／わたしたちの存在そのもの」とは、たぶん何度でも反復される

「もっとも大切な情報」なのだろう。その「記憶」は、過去に閉じ込めておくものではなく、将来の選択や活動の判断を促す最も大切な経験値が詰まった「記憶」なのだろう。それゆえに「わたしの存在」ではなく「わたしたちの存在そのもの」というように、私でありながらも私たちの存在として普遍的に語ろうとしているに違いない。「記憶」は「わたしたちの存在」そのものであるという考え方は、キルケゴールの「単独者」や「反復」、ハイデッガーの「言葉は存在の家」や「根源的な時間」という思索の言葉を宿していると思われる。と同時に熊谷氏独自の、自らと異なる文化に接する生々しい場面で、交換された言葉の軋みや痛みの経験が、このような表現に結実したのだろう。「記憶」は個人の記憶であるように思われるが、実際には背負っている民族、国家などの歴史の「記憶」を背負わなくてはならないことを暗示しているようだ。以上のような言語観や時間論を通して「もっとも大切な情報」とは何かという熊谷氏の問いかけが新詩集にも続いているように考えられる。

2

新詩集『地球上に遍在するガザ・ウクライナ』は三章に分かれⅠ章五篇、Ⅱ章三篇、Ⅲ章十一篇の合計十九篇が収録されている。新詩集のテーマはタイトルを読めば、明らかであろう。現在、病院や学校や住宅街にミサイルが飛び交い破壊が続いているガザとウクライナの人びとの筆舌に尽くせない悲劇をテーマにしている。しかしそれを他人事としているのではなく、自らの問題として問い掛けた詩集であることが想像される。
このI章の冒頭の詩「地球上の至る所に在る」の初めの二連を引用する。

地球上の至る所に／かつて在った、／地球上の至る所に／この瞬間も在る、／そして、／これからも在り続ける／ウクライナやガザ。／／知らされていなかった／では済まされない。

熊谷氏はこの「地球上の至る所に／かつて在った、」という街が破壊される「記憶」を想起することが、いま一番になすべきことと言う。そうすれば「地球上の至る所に／この瞬間も在る、」そしてまた「これからも在り続ける／ウクライナやガザ。」を自らの問題として受け止めることができるだろうと提起する。「知らされていなかった／では済まされない。」という侵略と抵抗の「記憶」から学ばないことから、侵略が繰り返されるとも語っている。四連を引用する。

弾圧や迫害を恐れて／沈黙を余儀なくされる／人たちも、／侵略者なのだろうか？／侵略者の子孫たちは／独裁者たちの罪を、／詫びつづけるべきだろうか？

熊谷氏の問いかけは、さらに「侵略者の子孫たちは／独裁者たちの罪を、／詫びつづけるべきだろうか？」と展開してくる。この問い掛けは例えば日本人なら、アジア太平洋戦争で侵したアジアの国々に対して、「侵略者の子孫たちは／独裁者たちの罪を、／詫びつづけるべきだろうか？」という問いになってくる。またロシアやイスラエルの子孫たちは、ウクライナやガザの現在の戦争で「詫びつづけるべきだろうか？」という問いにもなってくる。この熊谷氏の問い掛けは、侵略された子孫はその痛みの「記憶」を決して忘れることはない。しかし「侵略した子孫」は「詫びること」を忘れて、再び新たなる方法で侵略を繰り返す可能性もある。ロシアもイスラエルもかつては侵略された「記憶」から学ぶことなく、新たな悲劇を作り出していると熊谷氏は暗示しているように私には考えられた。最終連では次のような問い掛けがなされている。

平和を祈るだけなら／偽善者／に過ぎない／のだろうか？

この問いの回答は自らの人生を懸けての多様な言葉や行為になるに違いない。熊谷氏の詩の問い掛けは、自らが回答者になり簡単に答えの出るような問いではなく、人生を懸けた生き方から滲み出てくる答えを促しているのだろう。その意味ではきっと「平和を祈る」ことだけでも許容されるのであり、それを「偽善者」とは誰も言えないだろうと考えられる。

Ⅰ章の他の四篇も少し紹介したい。

詩「オオカミの遠吠えを聞いた夜」では、モンゴルのチンギス・カンやアレキサンダー大王やナポレオンの例を挙げて「侵略者と／犠牲者の貌が／入れ替わり、／時空連続体の中で／侵略者が／英雄とされる不思議。」と、歴史の評価が絶対的なものでなく相対的な解釈だと語っている。

詩「センソーなんて大キライ！」では、「異国で初めてできた／お友だち／パトリシアちゃんの家。／お菓子を食べながら／遊んでいると、／男の人が／怒鳴りながら現れた。／略／ジャップ！／／という鋭いコトバが／刺さった。」と、子どもであっても日本人の戦争責任を背負わされた経験を伝えている。救いは友だちが「あなたのことは／大スキ！」と言ってくれたことだろう。

詩「先祖の罪を背負わされ」では、友人のシャーロットさんが「アボリジナルの人たちを／大量死に追いやったり…／人間狩りまでしたり…／罪と気づかずに犯した／先祖たちの罪を／今になって／わたしが償わされている／のかもしれないわね」と、「先祖たちの罪」を忘れずに生きる姿に敬意を懐いている。

詩「犠牲になるのはいつも民間人」では、「ウクライナから避難した／音楽家アレックスさんに／彼女が営む／ロシア料理店＆カフェ・ペチカを／アコーディオン演奏の場として／提供している。」と、ウクライナ侵攻後に嫌がらせの電話で苦しむが、ウクライナのアレックスさんの支援を続けていることを伝える。

Ⅱ章の三篇は、イスラエルで開催された国際詩祭で旅した経験やイスラエルとパレスチナの双方の立場を考え、今のガザの殺戮のことを伝えることが記されている。

冒頭の詩では「迫害と虐殺に／苦しみ続けた民族が、／遂に実現した国を／命懸けて守りたいという／強烈な意志と信念。」と、入国の尋問でイスラエルの置かれている強靭な国家意志を感受したと言う。

三篇目の詩「乳と蜜溢れる約束の地へ」では、「先に攻撃をしたのが／どちらだったかは／もはや問われることもなく、／民族浄化の／糾弾が高まっていく。／／ガザ地区の／保育器のなかの赤ちゃんの命も、／人質になった／イスラエルの子どもたちの命も、／ウクライナの／小児病院で爆撃を受けた／子どもたちの命も、／どうか／お守りくださいと、」と言い、国際法に基づいて絶対にしてはならないことが日常的に行われて民間人が生贄のように死亡していくことに、「私たちの罪の意識も／高まっていく」と記している。

Ⅲ章の九篇はロシアの侵攻後におけるウクライナ人の夫や子が、家族と引き裂かれて戦場に向かう姿や残された家族や海外に避難した人びとのことなど、ウクライナ戦争に関わる多様な視点の詩篇だ。最後の詩「翼なき命たちのために」の後半部分を引用したい。

地下シェルターに／隠れて待つようにと／命じられていたのに、／言いつけに背いた／子どもたちは／地上に／駆け上がってくる。／／柔らかな手が、／火炎瓶を作る／しぐさを真似、／幼い手が／レゴブロックの／機関銃を／構える。／子どもたちの／痛ましさ。／／戦争の／不条理。／／侵略者が／英雄になる／大嘘。／／平和の脆さ／／父の、祖父の、／その祖父の時代にも、／わたしたちの時代にも／子どもの、孫の、／その孫の時代にも在る／地球上の至る所に在る／／ウクライナ／／ガザ

ウクライナの子どもたちは防空壕から地上に抜け出して遊んでいるが、その姿が戦争ごっこに興じることに衝撃を受ける。戦争状態が続いていくと「子どもたちの／痛ましさ」は増すばかりだと伝えている。けれどもこの状況はウクライナとガザの問題だけでなく、もしかしたら明日の私たちの街もまたウクライナやガザになるかも知れないと熊谷氏は予言しているかのようだ。それ故に「地球上に遍在するガザ・ウクライナ」とタイトルを付けたのかも知れない。ガザ・ウクライナの痛みは私たちの痛みではないか、と私たちに激しく問いかけているように思えてくる。熊谷氏はハープの演奏と朗読もすることをきいている。それ故か詩的言語は音楽性が感じられる。ウクライナとガザという重たい内容がそのリズム感によって多くの読者の胸にきっと響き渡るに違いない。

あとがき

この詩集は、自分の特色と信じて続けてきた、抽象性を軌道修正し、詩の書き手としての集大成を目指したものです。二〇二三年度末での勤務先定年退職に伴い、詩の主題の泉源となっていた国際会議通訳から全面引退、被災地や戦地の遺児支援活動も中断しかけました。詩の書き手としての自分を見つめ直し、約十年に一冊出版してきた詩集を読み返しました。

『捩じれながら果てしない』の跋文で河邨文一郎氏は「詩の形質は今までの日本の詩には場違いなほど独特だ」と記しましたが、私は「場違い」の意味には気づきませんでした。『名づけびとの深い声が』の白石かずこ氏による解説「仮想と現実を揺れながら、詩を書いている、というより詩のコトバを水のように滴らせてみたかと思うと、ゼリー状にしてみる」の根底にある警告にも気づきませんでした。『声の記憶を辿りながら』は、国際会議通訳で扱った「気候変動」「絶滅危惧種」「女性の権利」をテーマとしながらも、時空・記憶・声・転生への拘りが強いものでした。『記憶の翼は果てしなく交錯し』は、コロナ禍の「私」から発展させ、大震災遺児支援活動で直接聞いた声の、現在性と記憶を問うつもりでした。仏文学者で評論家の山田兼士氏の「大震災とパンデミックの間に横たわる十年を想像力の中で交錯し、一種の神話的世界観を想像する試み」との評の反面、「単にコロナ禍で禁じられていても旅をしたいという詩集」「大震災を書いているが当事者性が乏しい」「二つの災禍には直接的関連はない」という評に、伝える力量の欠如に気づかされました。

人生の最終章を始めるにあたり、三十年前の創作ゼミの恩師で実験詩人Hazel Smith氏の「抽象性こそが独創性」「難解なのは解読しようとするから。音楽のように楽しめばよい」の教えから卒業しました。新詩集は自分のスタイルを極限で保ちながら、題も語り口も平易で具体的な表現を心がけました。時空横断的視点、自分や出会った人の体験を普遍性に昇華しようとする試みが伝わればと思います。六十年以上前から現在まで、異文化環境や故郷で、実際に会話した方たちの言葉に触発され、かといって丸ごと引用したわけではない、創作的な再構築を目指しました。特定の国を非難するための詩集ではないことは、改めて強調したいと思います。

読み手の皆様がこの詩集を手にする頃には、ウクライナやガザ地区に平和が訪れ、この詩集が時代遅れになることを祈っています。北海道に避難してきた、あるいは在住のウクライナの皆様、支援ボランティアの皆様、コールサック社の鈴木比佐雄氏をはじめ、出版に際しお世話になりました皆様に感謝いたします。

二〇二四年八月　　　熊谷ユリヤ

著者略歴

熊谷ユリヤ（くまがい　ゆりや）

1953年札幌生まれ。

詩人。英語会議（同時）通訳者、大学教員を経て翻訳者。

1994年、University of New South Wales大学院で英語学英文学複合修士号取得。

1995～2004年、詩人河邨文一郎主宰の詩誌「核」に参加。この後、「地球」（秋谷豊主宰）、「極光」（原子修主宰）にも参加。

1997～2024年、札幌大学助教授を経て英語専攻教授。

2017年～北海道通訳翻訳研究会(HITSs)を設立。

2022年～地元ウクライナ人の協力を得て、国連児童基金（ユニセフ）ウクライナ緊急募金チャリティー「朗読とハープ」シリーズ開始。

2024年4月～CTW創作翻訳ワークショップ開講。異文化異言語コミュニケーション協会(Ai-iC)設立。

【詩集】
『記憶の翼は果てしなく交錯し』（思潮社）
『声の記憶を辿りながら』（思潮社）
From the Abyss of Time (Lulu Press, U.S.A.)
『名づけびとの深い声が』（思潮社）
Double Helix into Eternity (American Literary Press, U.S.A)
『捩れながら果てしない』（土曜美術社出版販売）
Her Space-Time Continuum (University Editions, U.S.A.)

【訳書】
『*The Midday of Substances*/ 物質の真昼―河邨文一郎英訳詩集』（思潮社）
THE MOON, THE SUN AND CHILDREN (Japan Publication Trading)
『子どもの権利条約童話 月と太陽と子どもたち』（原子修著）

【所属】

日本現代詩人会、日本詩人クラブ、日本ペンクラブ、日本翻訳協会、英国作家協会、英国翻訳家協会、米国文芸翻訳家協会 各会員。

北海道通訳翻訳研究会、異文化異言語コミュニケーション協会 各会長。

札幌大学名誉教授。ケンブリッジ大学クレアホールカレッジ終身メンバー。

Email　yuriya@sapporo-u.ac.jp
Webサイト　https://yuriya.main.jp/index2.html

石炭袋

詩集　地球上に遍在するガザ・ウクライナ

2024年8月20日初版発行
著　者　　　　熊谷ユリヤ
編集・発行者　鈴木比佐雄
発行所　株式会社 コールサック社
〒173-0004　東京都板橋区板橋 2-63-4-209
電話 03-5944-3258　FAX 03-5944-3238
suzuki@coal-sack.com　http://www.coal-sack.com
郵便振替　00180-4-741802
印刷管理　（株）コールサック社　制作部

装幀　松本菜央

落丁本・乱丁本はお取り替えいたします。
ISBN978-4-86435-627-5　C0092　￥2000E